LEABHAIR EILE SA

Deirdre agus an Fear Bréige

Sinéad ag Damhsa

Cáitín sa Chistin

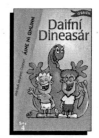

Daifní Dineasár

Sailí na Spotaí

Fiacla Mhamó

Bróga Thomáis

Dána

Drochlá Gruaige

An tUan Beag Dubh

Lámhainní Glasa

Mo Mhadra Beoga

An Rún Mór

Cá Bhfuil Murchú?

Scuab Fiacal Danny

Do Conor, mo dhearthair beag cúileáilte

An Buachaill Bó

Gillian Perdue

• Léaráidí le Michael Connor •

Leagan Gaeilge: Daire Mac Pháidín

THE O'BRIEN PRESS
DUBLIN

An chéad chló 2006 ag
The O'Brien Press Ltd,
12 Terenure Road East, Rathgar, Dublin 6, Ireland.
Fón: +353 1 4923333; Facs: +353 1 4922777
Ríomhphost: books@ obrien.ie
Suíomh gréasáin: www.obrien.ie
Athchló 2012.

ISBN: 978-1-84717-006-4

British Library Cataloguing-in-Publication Data

Perdue, Gillian
An buachaill bo. - (Sos ; no. 13)
1. Children's stories
I. Title II. Connor, Michael
823.9'2[J]

2 3 4 5 6 7 8 9 10
12 13 14 15 16

Eagarthóir: Daire Mac Pháidín
Dearadh leabhair: The O'Brien Press Ltd
Clódóireacht: Cox and Wyman Ltd

Faigheann Cló Uí Bhriain cabhair ón gComhairle Ealaíon

Thaitin buachaillí bó
go mór le Conor.
Bhí go leor eolais aige faoi
bhuachaillí bó ó leabhair
agus ón teilifís.

Bhí capall mór, láidir
ag gach buachaill bó.

Chaith siad téada
agus bhéic siad:
'*Yee haw*,' agus '*Giddy-up*.'

Chodail buachaillí bó
amuigh faoin spéir
agus chan siad amhráin
cois tine.

Ach an rud ba mhó
a thaitin le Conor
ná a gcuid éadaí.

Thaitin an hata mór leathan
a chaith siad go mór leis.

Thaitin an scairf bheag
a chaith siad
timpeall a muineál
go mór leis.

Nuair a bhí stoirm ghainimh ann
tharraing an buachaill bó
an scairf thar a bhéal
agus a shrón
chun an gaineamh
a choinneáil amach.

Chaith siad brístí géine
agus bástcótaí cúileáilte.

Agus chaith siad '*chaps*'
(brístí speisialta leathair)
thar na brístí géine.

Chaith buachaillí bó
buataisí móra le spoir.

Agus níos fearr fós
bhí crios speisialta acu
don dá ghunna airgid.

Chaith Conor an lá ar fad
ag súgradh mar bhuachaill bó.

Agus bhí brionglóidí ag Conor
gach oíche faoi bhuachaillí bó.

Tharraing sé pictiúir
de bhuachaillí bó
agus dhathaigh sé isteach
a gcuid éadaí
go cúramach.

Ansin, lá amháin,
tharla rud éigin iontach.

Cheannaigh Mamaí agus Daidí
bronntanas speisialta do Conor.
Tháinig sé i mbosca an-mhór.

Bhí an bronntanas ina shuí
ar bhord na cistine.

Bhí Mamaí agus Daidí
agus a dheirfiúr mhór Laura
ag fanacht leis
chun an bronntanas a oscailt.

Stróic Conor an páipéar den bhosca
agus thosaigh sé ag screadaíl.

Ansin thosaigh sé ag léim
suas agus anuas.

'Culaith buachalla bó!' a bhéic sé.
'**Go hiontach**!'

Chuir sé an bríste air ar dtús.

Ansin chuir sé an bástcóta air.
Bhí trí chnaipe airgid air
agus bhí póca beag
ar an dá thaobh.

Cheangail sé an scairf
timpeall ar a mhuineál.
Ansin chuir sé an hata mór leathan
ar a cheann.

'*Howdy*, Maw,' ar seisean.
'*Howdy*, Laur'.'
Thosaigh siad ar fad ag gáire.

Ansin chuir sé an crios
leis na gunnaí air
agus tharraing sé
an dá ghunna amach.

'Lámha suas!' a bhéic sé ar Dhaidí.
'Ná maraigh mé,' a bhéic Daidí
ag cur suas a lámha.

Ní raibh lá níos fearr
ag Conor riamh.

Ní raibh Conor sásta
an chulaith buachalla bó
a bhaint de
an oíche sin.

Ach bhain, ar deireadh.
Ansin chuir sé a éadaí codlata air –
agus an chulaith buachalla bó
os a gcionn.

Bhí go leor brionglóidí aige
faoi bhuachaillí bó an oíche sin.

B'shin an oíche ab fhearr
a bhí aige riamh.

Dhúisigh Conor go luath
an chéad mhaidin eile
chun dul ar scoil.

Bhain sé an chulaith buachalla bó
agus a éadaí codlata de.
Ansin chuir sé a éide scoile air –
agus an chulaith buachalla bó
os a chionn.

Chuaigh sé síos go dtí an chistin.
'*Howdy*, gach duine,' a dúirt sé.

Stop an chlann ar fad ag ithe.

'Ní féidir leat an chulaith sin
a chaitheamh ar scoil,'
arsa Laura leis.

'B'fhearr duit an chulaith sin
a fhágáil sa bhaile,' arsa Daidí leis.

'Conor!' a thosaigh Mamaí. 'Ní ...'

'Táim ag caitheamh
mo chulaith buachalla bó ar scoil,'
arsa Conor.

'Ach …' arsa Mamaí, Daidí
agus Laura.

'Ná habair rud ar bith eile,'
arsa Conor.
'Nó gheobhaidh mé mo ghunnaí.'

'Beidh siad ag magadh fút!'
arsa Laura leis.

Ach lean **Conor an Buachaill Bó**
ar aghaidh ag ithe a bhricfeasta.

Thug Mamaí Conor
agus Laura ar scoil.
Bhí Laura ag caitheamh éide scoile.
Bhí gach páiste eile
ag caitheamh éide scoile freisin.

'Bain díot an chulaith sin
sula léimeann tú amach
as an gcarr,'
arsa Laura leis.
'Ní bhainfidh,' arsa Conor.

Thug Mamaí a mhála scoile
agus a lón do Conor.
'An bhfuil tú cinnte
faoi na héadaí sin?'
a d'iarr Mamaí air.

'Feicfidh mé tú
agus an ghrian ag dul faoi, *Maw*,'
a dúirt Conor léi.

Bhí go leor páistí
ag stánadh ar Conor.
'An bhfuil tú ag dul ag cóisir?'
a d'iarr siad air.

Ach shiúil **Conor an Buachaill Bó**
díreach ar aghaidh.

Shroich Conor doras
an tseomra ranga.
Dhírigh sé a hata.
Chuir sé a lámha
ar a chuid gunnaí
agus shiúil sé isteach.

D'fhéach na páistí ar fad suas.
Stop an chaint
sa seomra ranga.
Bhí siad ar fad ag stánadh air.

'*Howdy*,' arsa Conor leo.

Shiúil Conor chuig a bhord
go mall réidh.
Bhain sé a mhála scoile de
agus chuir sé ar an urlár é.

Bhain sé a hata de
agus chroch sé
ar chúl a shuíocháin é.

'*Howdy*, Ma'am,'
a dúirt sé lena mhúinteoir, Niamh.
Ní dúirt Múinteoir Niamh ach:
'Eh … eh …'

'Is mise **Con an Buachaill Bó**,'
arsa Conor léi
agus meangadh mór gáire air.

Ag am lóin chuaigh
Con an Buachaill Bó
amach sa chlós.
Bhí go leor páistí
ag iarraidh súgradh leis.

'*Yee haw*,' a bhéic siad,
ag bailiú na mbó. '*Giddy-up*.'
Bhí spraoi iontach acu.

Theastaigh ó gach duine
an chulaith buachalla bó
a chur orthu.

'Is liomsa í seo!' arsa Conor.
'Tóg do chulaith féin ar scoil,'
a dúirt sé le gach duine.

Ach chuala Múinteoir Niamh é.

'**A thiarcais**!' a dúirt sí léi féin.
'Beidh tríocha buachaill bó
agam amárach!
Cad a dhéanfaidh mé?'

45

Dúirt cairde Conor
– Sinéad, Ciarán agus Marc –
go raibh siad chun
teacht isteach gléasta
an chéad lá eile.

'Tá mise ag teacht isteach
mar shióg,' arsa Sinéad.
'Tá gúna álainn agam sa bhaile.'

'Tá culaith rince agam,' arsa Marc.
'Tá sí cúileáilte.'
'Culaith rince!' a dúirt siad ar fad
le hiontas.
D'inis Marc dóibh go raibh sé
ag iarraidh bheith i mbanna ceoil
nuair a bheadh sé níos sine.

Ní dúirt Marc mórán
faoin rince riamh
mar go mbeadh na buachaillí eile
ag magadh faoi.
'Is breá liom rince,' ar seisean.
'Feicfidh sibh mo chulaith rince
amárach.'

48

Bhí culaith saighdiúra ag Ciarán.
'Tá buataisí iontacha
agus clogad speisialta agam!'
a d'inis sé dóibh.

Chuala Múinteoir Niamh
an chaint ar fad.
Bhí comhrá beag aici le Conor
ag am lóin.

Tar éis am lóin sheas Conor suas
chun fógra a dhéanamh.

'Amárach Dé hAoine,'
a dúirt Conor.
'Is féidir le gach duine gléasadh
gach Aoine as seo amach.'

Bhéic na páistí ar fad le háthas.
'Maith thú, **Con an Buachaill Bó**,'
a bhéic siad.
'Beidh spraoi iontach againn.'

D'inis Conor an scéal ar fad
do Mhamaí, Laura agus do Dhaidí
an oíche sin.

'Níl sé sin féaráilte,' a dúirt Laura,
'Ba mhaith liom gléasadh freisin.'

'Caith do chulaith asarlaí
ar scoil amárach,'
a dúirt Conor léi.
'B'fhéidir!' arsa Laura leis.

Bhí go leor daoine aite
i rang Conor an lá sin.

Bhí **Con an Buachaill Bó** ann.

Bhí **Marc**
an rinceoir
iontach ann.

Bhí **Sinéad**
an tsióg álainn ann.

Agus bhí **Ciarán**
an saighdiúir ann.

Bhí:

diabhal

aingeal

moncaí

píolóta

agus píoráidí

ann.

Agus cé a bhí ag barr an ranga?

AN SIRRIAM!

Bhí lá iontach ag na páistí
an lá sin.
Bhí lá iontach
ag Múinteoir Niamh fiú!

Bhí asarlaí amháin i rang Laura –
bhí éide scoile ar gach duine eile.

Ach thosaigh siad ag caint
ag am lóin.
'Gléasfaimid gach Aoine freisin,'
arsa na páistí le chéile.

'Smaoineamh Conor a bhí ann,'
arsa Laura.

'Is deartháir iontach tú,'
a dúirt sí leis níos déanaí.
'Is **deartháir cúileáilte** tú!'

Shéid Conor an deatach
óna ghunna.

Bhrúigh sé siar a hata.

'*Gee*! Go raibh míle', Laur'.'